KB273274

글쓴이 **엘렌 고디** Helene Gaudy

엘렌 고디는 1979년 프랑스 파리에서 태어났어요. 대학에서 시각 예술을 전공하고
글과 그림이 어떻게 상호작용을 하는지 탐구해 왔어요. 첫 번째 소설 《바다 전망》은
2006년 메디치상 후보에 올랐어요. 여러 편집 프로젝트에 참여하고 있으며, 프랑스
작가 집단 〈인쿨트〉의 일원이에요. 지금까지 네 편의 소설을 썼고 가장 최근 작품인
《끝없는 세계》는 2019년 공쿠르상 후보에 올랐어요.

그 밖에도 여러 권의 아동 도서를 집필했으며 《가끔은 혼자라도 괜찮아!》, 《한겨울》
등의 작품이 있어요.


그린이 **시모네 레아** Simone Rea

시모네 레아는 1975년 이탈리아 알바노 라치알레에서 태어났어요. 로마에 있는
미술 아카데미에서 일러스트레이션을 공부하고, 현재는 예술가이자 그림책 작가며,
일러스트레이터로 활동하고 있어요. 초현실적인 분위기와 질감 있는 표현으로
자신만의 독창적인 그림 스타일을 만들어 가고 있어요.

그린 작품으로는 《귀 없는 그래요》, 《나슬라의 꿈 》 등이 있고 《내 아이를 위한 이솝
우화》로 2011년 브라티슬라바 일러스트레이션 비엔날레 (BIB)에서 플라크상을
받았어요.


옮긴이 **김지형** katzi

김지형은 1972년 아름다운 항구 도시 부산에서 태어났어요. 서울 홍익대학교에서
판화를 공부하고, 프랑스 동북부에 위치한 스트라스부르의 아르데코(HEAR)에서
일러스트레이션을 공부했어요. 그 후 한국으로 돌아와 어린이 그림책 등 다양한
분야에서 그림을 그리기를 십여 년, 지금은 그림책 작가로 활동하면서 지구 환경을
위해 필요한 여러 가지 것들을 공부 중이에요.
쓰고 그린 작품으로는 2022년 BCBG 볼로냐 올해의 일러스트레이터에 선정된
《미세미세한 맛 플라수프》가 있으며, 그림을 그린 작품으로는 《우주통신 까막별호》,
《식물에게 배우는 네 글자》 등이 있어요.

《난 동생을 먹을 거야!》는 번역가로서 새롭게 도전한 첫 번째 책이에요.


몹시 입이 짧고, 상상력이 부족한 나의 아들 엘리아스에게  - 엘렌 -

세상에서 가장 사랑하는 릴리아나와 필립에게  - 시모네 -

난 동생을 먹을 거야!

난 동생을 먹을 거야!
엘렌 고디 글 · 시모네 레아 그림 · 김지형 옮김
두마리토끼책

토덜이는 시금치를 싫어해.

감자튀김도 싫고, 스파게티도 싫고, 스테이크도 싫고, 소시지도 싫고, 밥도 빵도 다 싫대.

"먹는 건 시간 낭비야." 투덜투덜 토덜이가 말했어.

"도대체 접시에 뭘 담아 줘야 토덜이가 먹을까?"
엄마 아빠는 고민에 빠졌어.

Forest

“보들보들 달걀프라이 좀 먹을래?” 아빠가 물었어.

“찰랑찰랑 푸딩 한입만 먹어 볼까?” 엄마가 말했어.

“달콤쌉쌀 초콜릿 한 조각은 어때?” 아빠가 말했어.

“그럼 울퉁불퉁 오랑우탄 스테이크는?” 엄마가 장난스럽게 말했어.

“말도 안 돼요!” 아빠가 웃음을 터뜨렸어.

“말이 왜 안 돼요? 봐요! 얘가 싫다고 하는 건 모두….”

달콤달달 아빠 토끼 파이는?
뽀글뽀글 사이다 풀장은?
엄청엄청 커다란 둥글퉁퉁 순무는 어때?

Forest
난 동생을 먹을 거야! ⓒ 두마리토끼책

난 동생을 먹을 거야! © 두마리토끼책

탱글탱글 새우구이는?

삐악삐악 병아리콩 수프는?

돌돌돌돌 줄줄이 닭꼬치는 어떠냐고?

꼬릿꼬릿 꼬리 땃쥐 그라탕은 어떨까?

졸랑졸랑 카나리아 타르트는?
땡글땡글 예쁜 체리파이는 어때?

고슬고슬 달팽이 솥밥이나 빠삭빠삭 새머리 튀김,

알록달록 블럭 케이크는 먹을 수 있겠냐고?

슈웅 소시지 양탄자를 타고

헐레벌떡 상추산에 올라,

거북이 통구이를 해 먹을까?

디저트로는 해물 해적단이랑

시원한 맥주에 퐁당 빠진 물고기를 먹는 건 어때?

졸깃졸깃 지렁이 젤리를 곁들여서.

"아니, 아니! 난 그딴 것들 다 싫어!
난 토동이를 먹을 거야!"

“뭐, 네 동생을 먹는다고?”

"아빠가 맨날 토닥여 주는 포동포동 엉덩이는 앙 깨물어 먹고,

호빵처럼 동그란 무릎은 오물오물 먹고,

엄마가 맨날 뽀뽀해 주는 통통한 볼은 슈루룹 먹어 버릴 거야!"

"말도 안 돼! 동생은 먹는 게 아니야!" 엄마, 아빠가 딱 잘라 말했어.

"동생은 안아 주고, 예뻐해 주고, 쓰다듬고, 뽀뽀해 주고,

소중하게 대해야 하는 거지 절대 먹는 게 아니야!"

토덜이는 절레절레 고개를 저으며 더 큰 소리로 우겼어.

"토동이가 내 배 속에 들어가면 집 안이 조용해질 거야.
지금처럼 막 소리를 지르지도 않을 테고,
한밤중에 쿨쿨 자던 내가 그 소리에 놀라 깨서
엄마 아빠를 귀찮게 하는 일도 없을 거잖아.
음…… 얘는 아주 부드럽고, 비타민도 엄청 많을걸?

그리고 내가 토동이를 먹으면
나는 토동이보다 훨씬, 훨씬 더 더 더 커질 거거든!"

"그래, 난 바다에서 온 해물 해적단이랑

물고기가 빠진 맥주에 퐁당 담가서

지렁이 젤리랑 같이 먹을 거야.
얘 먹어 버릴 거라고!"

동생은 눈이 동그래져서 형을 쳐다보았어.
"어때, 형아 무섭지?"
"아니. 이거, 형아가 좋아하는 감자튀김."
포동포동 토동이가 토덜이에게 말했어.

토덜이는 왠지 쑥스러워서 시금치를 한입 물고
식탁 밑으로 스르르 미끄러져 들어갔어.
그러고는 스파게티랑 스테이크도 한입씩,
당근케이크도 은근슬쩍 다 먹었지.

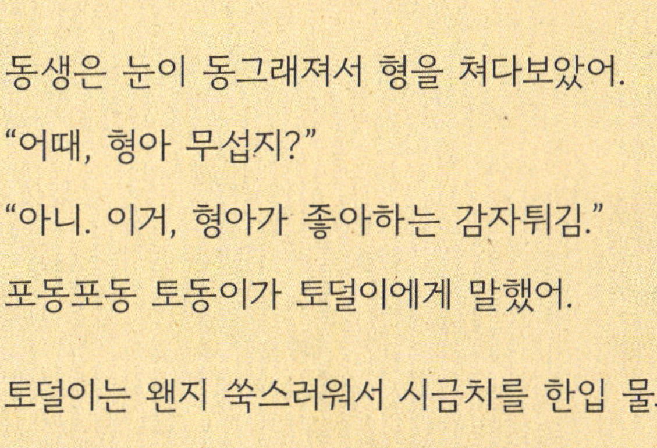

엄마 아빠는 정말 기뻤어.

"잘했어! 우리 토덜이, 오늘 저녁은 싹 다 비웠네!"

토덜이는 한쪽 눈을 찡긋하며 토동이에게 말했어.

"형아랑 같이 놀래? 넌 꽤 쓸 만한 동생이야!

다음번엔 꼭 내가 널 먹을 거야!"

엉뚱하고 발랄한 시리즈 ②

# 난 동생을 먹을 거야!

**2024년 10월 16일 초판 1쇄 발행**

**글** 엘렌 고디  **그림** 시모네 레아  **옮김** 김지형

**펴낸이** 조병연  **펴낸곳** 두마리토끼책  **출판등록** 2017-000090  **ISBN** 979-11-973034-7-0 77860
**책임편집** 비니  **편집** 김수연  **디자인** 디자인디  **교정** 박사례  **인쇄** 두경엠앤피
**주소** 서울특별시 종로구 자하문로 24길 41-22  **전화** 02-730-7714  **팩스** 02-6003-0221
**메일** binibunnybooks@gmail.com  **인스타그램** instagram.com / binibunnybooks

First published in France by Editions Cambourakis
Original title: *Je veux manger mon frère*
©2023 Editions Cambourakis
This edition was published by arrangement with Birds of a Feather Agency, Portugal.

이 책의 한국어판 저작권은 AMO Agency를 통해 Birds of a Feather Agency와 독점 계약한 두마리토끼책에 있습니다.
또한 이 책은 저작권법에 의하여 한국 내에서 보호를 받는 저작물이므로 무단 전재와 복제를 금지하며,
이 책 내용의 전부 또는 일부를 이용하려면 반드시 저작권자와 두마리토끼책의 서면 동의를 받아야 합니다.

**품명** 아동도서  **재질** 종이  **제조국** 한국  **제조업체** 두경엠앤피  **제조연월** 2024년 10월
**주소** 서울특별시 종로구 자하문로 24길 41-22  **사용연령** 3세 이상

KC 마크는 이 제품이 공통 안전 기준에 적합함을 의미합니다.
! 종이에 베이지 않도록 조심하세요. 책 모서리가 단단하고 날카로우니 던지거나 떨어뜨리지 마세요.